오이순을 잡아주며

오이순을 잡아주며

김은순 시집

43
시와정신시인선

■

시인의 말

참으로
오랫동안
갑갑한 서랍 속에서
잘도 참아준
시들에게 미안함을 전한다.

뒤돌아보면
많은 시간들이 지났건만
모든 것이 엊그제 일처럼
느껴지는 것은
아직도 잊히지 않고
잊고 싶지 않음 때문이리.

다시 봄이다.
아지랑이 꼬물꼬물 피어오르면
많은 형제들이 같이 살다
제각기 제 갈길 찾아 떠난
이 집에서
엄니하고 오순도순

소꿉놀이처럼 살았던 시간들이
다시금 피어난다.

올해로
돌아가신지 꼭 10년째다.
지금도 호미 들고
텃밭에 봄을 깨우고 계실 것 같은
봄 햇살처럼 다사로운 정이 많은,
그런 정을 물려주신
어머님께 이 첫 시집을 바칩니다.

2023년 봄
김은순

차 례

___ 제2부

___ 제3부

___ 제4부

제1부

나에게 당신은

바람 불면
여린 듯 여문 하늬바람으로

비 오면
텃밭 두 귀 쫑긋 달팽이로

낙엽 지면
동그르 노오란 은행으로

눈 오면
장독대 소복이 쌓인 흰 눈동자로

명치 끝
차곡차곡 쌓이는
그
리
움

오이순을 잡아주며

처음엔 옮겨준 곳
뿌리 내리기 힘들었는지
송충이 같은 오이 몇 개
맺다 떨구고 맺다 떨구더니
몇 번을 그렇게 허방 치더니
포도시 살아 하루가 다르게 커가며
손가락만한 오이 여기저기 달랑거린다
이쁜 마음에
옹알이 하는 애기 쉴 새 없이 들여다보듯
아침저녁, 저절로 발걸음 텃밭으로 향한다
밤새 무얼 먹는지
금방금방 자라는 여린 연둣빛 순,
꺾일 듯 허공에서
갈 곳 몰라 헤매고 있다
금세라도
또르르 떨어질 것 같은
허한 눈망울들
영문도 모른 채
제 젖무덤 빼앗기고 옮겨진 자리
몸 붙이기 힘든지 이리저리 보채다

한번 기댄 가슴 놓지 않으려
죽어라 꽉 쥔 파리한 고사리 손,
거지중천 한없이 휘젓는다
오이순 잡은 손
떨어지질 않는다

술래잡기

왕소금같이 내리쬐는 햇볕 속으로
호박넝쿨 담장 넘어 줄달음치고
대추나무 온통 넝쿨로 휘휘 휘감기어
가체 하나 그럴싸하게 얹는다
구석구석 어여삐 매단 금은보화마냥
여기저기 엄지만 한 호박 달랑거리고
화단에 목단이며 앵두나무며
호박넝쿨 온갖 것 돌돌 말아 손아귀에 넣을 때쯤
엄니와 호박 술래잡기는 시작된다
뒤뜰 앵두나무 쪽 하나 목단 쪽 두 개
텃밭 대추나무 위 구석 엄지만한 것 서너 개
새벽 댓바람부터 휘 둘러보고
늦은 아침 밥상머리에서 딸은
엄니의 일급비밀을 듣는다
하루 이틀 사이 훌쩍 커버리는 호박
주먹 두 개만 한 크기 놓치면 씨도 생기고
제 맛을 잃는다
자주 깜박깜박 잊어버리는 엄니는

딸에게 잊지 말라는 부탁도 한다
아이고, 야야
저 대추나무 위 호박 틀림없이 봐뒀는데
그것 어디로 내뺐는지 없고
앵두나무 쪽 호박 하나
또 애기 머리통만큼 커 버렸다
아무래도 저 호박들 밤새 궁리하나 보다
이맘때쯤 모가지 안 꺾이려고
죽어라 밤새 살 풀풀 찌우든지
어디 남몰래 숨어버리는 거다
그래도 제때 엄니 손에 들려오는
둥그런 애호박들 많아서
엄니는 그쯤에서 그것들 잊고
또 씨호박으로 두기로 한다

안부

차암 좋다
어죽도 맛나구
강물두 경치두
여기서 오래오래 살고 싶구나

어머니,
이 세상 마지막 고하시던
아흔넷 되시던 해
어버이날이었죠

적벽강, 강변가든
어죽에 맥주 두어 잔
거뜬히 비우시고
하시던 말씀

그런데요, 어머니
엄니가 보고 싶어
그곳을 찾았는데
그렇게 맛난 어죽 끓여주시던

할아범님도 하늘나라로 가셨대요

혹여,
그곳에서 만나시거든
엄니가 대신
안부 전해 주세요

이생에서
엄니하고 마지막 나들이가 되었던
그곳을,
늘 잊지 못할 거라고요
아니, 잊지 않을 거라고요

아셨죠

둥근 것에 대하여

둥그런 양수 속
도르르 감고 있었던 우리
남산만한 엄니 배
둥근 이유였다
세상, 모난 투성이
부딪지 않게
둥글, 둥글게 살라고
열 달 내 곁눈질 없이
빈 손 꽈악
두 눈 꼬옥
머리끝 발끝
둥그런 모습
열심히 연습하고 나온 거다
부족했던지
그 맘 같이만
살 수 없었던 세상
더, 더 연습하고 오라고
뻣뻣해진 몸
엄니 자궁 속 같은

둥근, 둥그런

그 속으로

다시 들어가는 거다

풍선을 부는 여자

새파랗게
실핏줄 세우며
양 볼 잔뜩 부풀리고
탯줄 같은 구멍 살포시 물고
마냥껏 들이붓는 숨

그 숨 먹고
점점 커져오는 코앞에 꿈
터질세라
눈 제대로 뜨지도 못하고
살그머니
어루만지며 만지며

물었던 입 빼고
바라보고 바라보고
이 세상 더 이상 바랄 것 없는
흐뭇한 표정

이쯤에서 매듭지을까
망설이다

다시 한 번 얼굴 벌게지며
힘껏 불어넣는

탯줄을 품고 있는 여자
여자의 본능일까

오징어를 데치며

잡힐 때 놀란,
바자위한 성깔 못 이겨 까물치다
이내 죄 녹아버렸을 오장육부
그나마 깡그리 발려져
허연 맨살만 남았다
잡혀진 손에
나 죽은 지 오래다
쥐죽은 듯 맡겨버리다
안 되겠는지 생물 비린내 미끈대며
매번 손아귀 빠져 나가려 비죽대기 바쁘다
금세라도 바짝 튀겨버릴, 부글거리는 물 속
몇 번을 망설이다 미련 없이 뛰어든다
정신없이 뒤잽이한다
맥없이 흐물대던 몸
순간, 우쭐거리며
죽을 듯 끓어대는 속이라도
온몸 던지는 것도 괜찮은 일이다
껍질 벗겨지는 뜨거움 이겨내며
웅크렸던 손,

제 맘껏 활개 치며
이리 저리 벌려나가기 바쁘다
속 울렁이는 비린내 오간데 없어지고
입 안 가득, 침 고이는 구수한 냄새
온몸으로 풍기며
오동통 살 오른 팔
팔팔거리며 오므릴 줄 모른다

흘려보낸다

어느새 발걸음
낯익은 강가에 서 있다
꿈 깨듯 퍼뜩, 정신이 난다
여전히 청아한 산새울음 녹아들고
앞뒤 우거진 싱싱한 초록
담뿍 안은 강,
숨찬 가슴 다독이며
편편한 미소로 반겨준다
따라가기엔 너무 날랜 세상
방향감각 잃고 어디 둘 곳 없어
허우적대며 하루하루
세상에 부식되어가는 몸과 맘,
안으로 안으로
꽈악 빗장 걸고 앵돌아져
좀처럼 화해의 기미가 없는
아린 시간들,
하나 둘 꺼내어
오늘도 내일도
세상에 동요 없이 큰 바다 향해

유유히 흐르는 강물 속으로
하나 둘……
흘려보낸다

등나무 아래서

한시도 떨어질 수 없다고
온몸 서로서로 휘어 감으며
한평생 부둥켜안고 사는
등나무 아래 앉았네

오른팔 왼팔
왼발 오른발
서로서로 어긋 맞춰
등나무 흉낼 내 봤네

한 몸이
또 다른 한 몸 됐네
참으로
포근했네

등나무 꽃,
아릿한 보랏빛 추억 터뜨리며
하롱하롱 웃고 있네

발그레 물든 볼
들킬까 봐 나도 몰래
얼른, 눈 아래 떨구네

숲에 들어

초록 물,
뚝 뚝 떨어지는 숲에 든다
오가는 수많은 발걸음
잘 길들여진 숲길 열어 놓았다
이름 모를 새들
제각기 구성진 목소리로 손님맞이에 바쁘다
군데군데 다녀간 흔적,
알록달록 꼬리표들
이제는 속세의 몸 아니라고
지나는 바람에 푸르른 이파리 되어
제 힘껏 나풀거린다
세상사 지친 속내,
걸음걸음마다
한 꺼풀, 한 꺼풀 벗겨
미련 없이 속세 떠난 꼬리표들처럼
가지가지마다 걸어 놓는다
무겁게 가빠오던 숨, 발갛게 된 얼굴
못 이겨 노오랗게 비틀거리는
온몸, 맘 속

차츰차츰 초록으로 차올라
또 다른 푸른 숲에 길 하나
살며시 열어놓는다

말복도 지나고

조석으로
귀뚜리들 합창
제법 우렁차졌다
서늘한 밤공기
그래도 아직 만만치 않은
한낮 열기
어떻게 삼켰는지
제쳐 두었던 홑이불
살며시 끌어당기게 한다
뒤뜰 월애감
뜨거운 햇볕, 서늘지는 밤 오가며
발그레 사춘기 계집아이
몽글몽글 올라오는 젖마냥
하루가 다르게 도도롬해진다
본능일까
태어나 한번도
생명의 젖줄 되지 못한 꼭지
삶의 무게,
등이 휘어 지친 모든 것들
흠뻑 물리고 싶은지
바알갛게 상기되어

엄마, 엄니

사알짝만 눌러도
퍼렇게, 시퍼렇게
짓무르고 마는
채송화 손

어찌
그리도
크은 달을
안으셨나요

스치기만 해도
붉게, 검붉게
멍들어 버리고 마는
봉숭아 맘

어찌그리도
크으은 해를
품으셨나요

엄마, 엄니

대파를 썰며

스을쩍,
스치는 손끝에도
풀썩, 주저앉고 마는
텅 빈 속
무슨 힘 저리 꼿꼿할 수 있을까

무서리에도
통통 튀는 새파란 몸뚱이
얄밉도록 뻣뻣한 목
휘잡아채
댕강 자른다

허한 속
만만찮은 세상 시달리며
악 다물고
곧추 세우느라
알키한 속앓이

미끄덩,

한소끔 쏟아내며

콧물 눈물

쏙 빼놓는다

모녀

며칠째,
야문 것에 가끔 힘들어하던 이
뜨거운 차가운 음식에
예민하게 반응을 한다
왼쪽 위 어금니, 그 옆 이까지 흔들린다
잇몸치료하고 위 두 개는
임플란트를 해야 한다고 한다
찬찬히 거울을 들여다본다
팔순 엄니,
틀니를 끼고 뺄 때마다
나하고는 전혀 상관없는 일처럼 바라봤던
골 깊이 패인 합죽한 얼굴,
엷은 미소로 고개 끄덕이고 있다
언제부터인지
하나 둘, 엄니 닮아가는 것들이 많아진다
오늘, 긴긴 동짓달 밤
실한 소족 하나 푸욱 과서
팔남매 세상 내보내기에 꺼질 날 없던,
아버지 손길 멎은 지도 삼십여 년

쭈글거리는 배 거죽만 남은 엄니,
배앓이 한번 못해보고
머리에 허연 파뿌리
고스란히 피우고 사는 딸,
서로서로 다독이며
푸지게 한 사발씩 나눠먹어야겠다

김장배추

내찬 된서리 심술
안간힘 쓰다 끝내,
누우렇게 시커멓게
나가떨어지는 이파리들
아랑곳없이
그루터기만 남은 휘휘한 논배미 옆
겨우내 밥상 감초 될
푸릇, 혈기왕성한 김장배추
발갛게 꽃단장 할 때까지
죽어라 허리 꽈악 붙들어 매고
두 눈 시퍼렇게 부릅뜬 채
옹골차게 속 채워가며
아금박지게 자리 지키고 있다

무시로
쉬이 헐거워지는 사람들 허리끈
배추, 그 옆 지나는 뒤통수
찬바람에도 뜨끈하다

눈 오는 강가에서

빨개둥이 벗들이 더 그리운,
지천명을 바라보는 나이
소담스럽게 내리는 눈을 빌미로
초등학생 되어
의기투합 강가로 나갑니다
저마다 지녀온 세월의 흔적들
넓은 창 너머,
내리는 하얀 눈 속으로
하나 둘 떠나보내며
이야기꽃을 피웁니다
물 같은 술 마주하고
제각기 하나 둘 숨겨둔,
물인지 술인지 덤벙대며 지낸
천둥벌거숭이 같은 시간들
툭툭 끄집어내어 안주 대신
접시 위에 수북이 올려놓습니다
골 깊어진 세월의 강
홍건히 젖어든
거죽만 너덜거리는 가슴

서로서로 어루만지며, 보듬으며
너도 나도 볼이 터져라
그 안주들을 먹습니다

아직도 창밖엔
천진스런 하아얀 눈송이들,
세상에 자기가 떨어질 곳이
흔적도 없이 온몸 먹혀버리는
깊은 강이라는 것을 아는지 모르는지
앞 다퉈 내려옵니다

제2부

웅덩이

잔뜩
먹구름 낀 하늘,
볼멘소리 쉴 새 없다
여지없이 비,
앙칼지게 한바탕
쏟아 붓고 지나간다
다시 움푹 패인다
말하지 않아도 그만큼 또 물 고인다
채 빠져나오지 못한 바퀴
질세라 허우적댄다
아무리 용 써도 헛바퀴 돌아대며
생흙만 파먹는다
숨 돌리는 사이 사방으로 흩어졌던 물
다시 꾸역꾸역 모여든다
여기서 물러설 순 없다
움푹 들어간 눈 두리번거린다
급한 맘 엉겁결 잡은 것
이리저리 날뛰며
생살 갉아먹는 허깨비

눈두덩,
움쑥움쑥 꺼져간다

거울 속 찬찬히 들어간
또 다른 나
세상일 그리 쉬 되는 일 없다
그 깊어진 눈으로 다시 보라
핏발선 눈동자 껌뻑이며
신호등 보낸다
우리,
깊은 웅덩이 하나 파 놓고 사는 일
그리 나쁜 일만은 아니지 않은가

대반동 바다에서

산으로 둘러싸여 있어
더 아늑해 보이는
대반동 바다

입동이 지나가고
바닷바람 제법 쌀쌀했다
부딪치는 물결
시누이 마냥 뾰루퉁해진다
방파제 너머
성난 파도 한바가지 쏟아 붓곤
아무렇지 않은 듯 제자리에 있다

뱃머리 위 갈매기
주위를 떠나지 않고
젊은 남녀들은
찬바람 아랑곳하지 않고
머어언 바닷길을 향해
말없이 미소를 날린다

서걱서걱 밟히는 모래 위로

따라오는 내 발자국 뒤로하고

대반동 바닷바람

한 아름 안고 돌아온다

대반동 바닷길 열어

새 길을 밟고 온다

밤낚시

서서히 내리는 밤안개
명주치마 두르듯 산허리 휘감고
쉼 없이 울어대는 개구리
적막강산 애끓인다

까무룩 까만 강가
사방 떨어지는 별똥
어둠 짙을수록 커지는 동공
그 별똥별 뚫어져라 바라본다

순간,
첨벙 잠수 한 번에 그 별똥
주먹만 한 붕어 낚아 올리고
또 다시 강가 떨어진다

꿈속에서도 되고파 그리 애달았던
저 뭇시선 잡아끄는 별
되지 못한 시린 가슴 안고
반짝 얼굴 한 번 보이고

사라지는 줄 알았던 초라한 별똥별

칠흑 밤
애써 더 반짝이며 아무도 몰래
오동통 오지게 실한
하얀 꿈 낚고 있었다

쉿!

밤새

찬이슬

흠씬 맞은

고추잠자리

젖은 날개 말리려

맴돌다

맴돌다

겨우 겨우 찾은

벼랑 끝

갈대.

채송화

자그마한 몸 그 낮은 자리에서도

왕소금 더위, 몸 사리지 않고

화들짝 웃으며 온 시름 더위 달래주는

한줌 쏘옥 들어올 만큼 작은

더없이 곱디고운 울 엄니 같은

땡볕 온몸으로 받으며

해맑은 웃음 잃지 않고 손사래 치는

울긋불긋 담 밑 채송화

하현달

시리디 시린
어둑 밤하늘 위
무엇이 그리도 애달아
애달펴

차라리
반쯤 감은 눈

실오라기 하나 걸치지 않은
투명한 빙어 속 마냥
부시도록 새하야얀 눈망울
애써 눈물 감춘 채

깊어 가는 동짓달
칠흑, 하늘 강가
덜렁
홀로이 떠서는

헛꽃

오직,

참꽃만을 위해

온몸

내던져

더 더

화려하게

농밀하게

벌 나비 유혹하는,

그런 이

얼마나 있을까

늪

찍찍 갈라진

논바닥 가슴

슬그머니 다가오는

촉촉한 손길

세상 무서운 줄 모르고

퍼석한 스펀지

단숨에 흠씬 빨아들이듯

앞 뒤 볼 것 없이

습,

가을 숲

갈바람
한바탕 쏟아내는 소가지
상수리나무
정신없이 흔들리더니

한여름
뙤약볕 이겨내며
고이 품고 있던 작은 꿈들
후두, 후두둑

어찌 알았는지
한껏 말아 올린 꼬리
치켜세우며 달려오는 다람쥐
볼 터져라
두 손 바쁘게 오가고

계곡물에
풍덩, 빠진 하늘
안간힘 쓰다

더, 더 새파래지고

무얼 숨기고 싶은지
갈옷 감쪽같이 갈아입은
풀벌레들
점잖은 중저음 목소리
서로, 서로들 찾고 있고

길고양이

이십대 중반쯤 됐을까
들어 올린 머리핀 풀자
윤기 흐르는 틈실한
검은 암고양이 한 마리
툭, 엉치에 떨어진다
앙칼스레 꼬리 한번 찰랑이더니
猫하게 탈바꿈시킨다
점점 늘어나는 밤거리 길고양이
살아남기 위해선
단박에 휘어감을
더 튼실한 더 윤나는 꼬리가 필요하다
둥근 알 속
채 깨어나지 못한 노오란 생명
가차 없이 깨뜨려
내 탓만은 아니다
믹서에 갈듯 갈가리 휘저어
검은 꼬리 바짝 세워
한 올 한 올
둥 둥 둥근
노란 꿈 새겨 넣는다

담쟁이

한 치

양보 없는

벽,

찰거머리 집착

패일 듯 퍼붓는 소낙비

데일 듯 쏟아지는 폭염

속,

아랑곳없이

줄 차장,

짙푸른 푸르름 하나로

뻗고 뻗어가는,

코스모스가 피었어요

올여름
비가 잦았던 탓인지
텃밭, 쏠쏠하게 밥상 채워주던
찬거리들 부실하다
몇 차례 들락거려도 나에겐 보이지 않던
지팡이 의지하며 오랜만에
텃밭 순례 마친 어머니,
대추나무 뒤쪽 주먹만 한 애호박
걸려들고 말았다

갓 따온
진득한 진 질펀하게 나오는
맛나게 드실 생각에 마음도
동그르르 르르 르르
철판에서 몇 개가 나왔을까
갑자기, 어머니
똥그르르르르르르
한 줌 애벌레 되어 온몸 떠신다
39.5°

꽃을 유난히도 좋아하시는
화단 한켠 늘 정성스레 가꾸며
찬바람 들어도
가녀린 몸 꺾이지 않고
한들한들, 소박한 미소 잃지 않는
여간 이쁘지 않냐고
그런 네 모습 보고 싶어하셨는데

지금 화단엔
코스모스가 화알짝 피었어요
어머니!

섬바위

애초부터,
조석으로 변하는 사람 발길은
거부하겠다는 뚝심인지
열 길도 넘는 아찔한, 강 한가운데
사철 변함없는 노송 몇 그루 키우며
우뚝 서 있는,
먼발치,
바라만 볼 수밖에 없는
앞뒤 모르고 무작정
오르고 싶은 욕심 놓으라
오늘따라 차가운 강물 더 내차게
섬바위, 비잉 휘어 감고 있다
세상 갖은 풍상, 담담히 받아넘기고
속으로 삭힌 시간들
말로는 다할 수 없다
켜켜이 쌓인 검푸른 이끼,
대신 대답해주고 있다
그래도 사람 그리움을 대신해주듯
맨 꼭대기 노송,

구부정한 허리 더 굽혀
애써 눈길 잡으며
돌리는 발뒤꿈치 놓아주지 않는다

* 금산에서 가까운 전북 용담댐 부근,
강 한가운데 있는 경치가 아주 수려한 바위

청호반새의 내집 마련

아슬한 벼랑 찾아
단칸방 마련에
헐어버리는 주둥이
아랑곳없이
며칠을
뚫고 뚫는다

궁둥짝 붙이지도 않는 방
열 채를 가지고도
부족한 이들

떴다방까지
기웃거리며
뒤꼍 한숨 많은 이들
나 몰라라
질끈 눈 감아 버리고

손가락 몇 개 움직여
얄포롬한 종이 몇 장

물 튀기듯
통통
튕기면서

방이 나오는 족족
송두리째
사재기에 바쁘다

미리알고
손 많이 안 타는
가파른 벼랑
찾았던 것인가

* 청호반새(파랑새목 물총샛과)
여름 철새로 둥지는 야산의 경사진 면에다 수평으로 땅굴을 파서 지음

거미와 마른 꽃

1

이슬 저승에도 닿지 못하고
허공 한 켠에
아스라한 집 한 채 지어놓은
눈깔사탕만 한 것이

여기저기 기웃 기웃
어디 정 붙일 곳 없어
허우적거리는 내 모습

별반 차이가 없다고
하롱하롱 매달려
허공을 껴안네

2

화려한 꽃사지에 숨겨져
거꾸로 매달린 채

조용히 아래 아래로만
떨구고 있는 너의 눈길
통통하던 볼
공기 빠진 풍선 되었고

뭇 사람 발길 훔친 너의 마음
여느 들풀 향 되어
위로 위로만 향하던 몸짓
이제는 다시
지지 않는 꽃으로 피었네

보푸라기

될 수 있으면
비껴가길 바랬지

살다보니
어쩔 수 없어

언제부턴가
짱짱한 성질
한 풀 한 풀
꺾이더니

그렇다고
부글부글
보기 싫다고
마구잡이 잡아떼면

아직
그 성깔 다 죽지 않아
올, 몽땅
뽑아 버릴 수 있지

제3부

살얼음

원래는
앞서거니 뒤서거니
같이 흐르는 그 강물
한줄기였지

여지없이
앞뒤 없이 몰아치는 삭풍
오롯이 알몸으로 이겨내야만 했던
겨울밤

잠시, 버둥대다
핏기 하나 없이 허옇게 굳어져
살그머니 한발자욱도
허락지 않는 몸 속

또 다른, 꿈꾸며
저 혼자 넘쳐흐르는 강
아직 밖은 한겨울이라고
살포시 어르고 있는.

가을愛

밭두덕
군데군데
씨 호박
푹신한 풀 방석 삼아
농익은 풍만한 궁뎅이 마냥껏
들이밀고

수제비 같은 구름
따가운 햇살에
보글대며 익어가고

온 산야
누우렇게
버얼겋게
농염한 몸짓

못 참겠다
튕겨져 나가떨어지는 콩알처럼
탱글탱글

여물어가는

차고 넘치고
무르익는
가을

장담기

환장하게 햇살 좋은 날이다
엄니는 가으내 조그만 텃밭 오가며
채곡채곡 챙겨 겨우내 밑반찬 됐던 독 안에 든
애동고추 말린 것 호박고지 무말랭이
모조리 꺼내놓는다

장맛은 정성인 겨
장맛이 좋아야 집안이 융성하는 겨
잡생각 말고 깨끗이 닦아야 혀
허리까지 독 안에 빠져
갑자기 조여 오는 컴컴한 세상에
왈칵, 뒤지에 갇혀 한 많은 생을 마친
어느 왕손을 생각하는 별건 궈전을 나무란다

소금물은 달걀이 소눈깔만큼 나와
둥둥 잘 돌아 댕기면 되는 거구
엄니, 손 없는 날 날씨까지 이리 좋다며
깊디깊은 삶의 질곡 쫘악 펴서
새색시 적 박 속 같은 얼굴로

깨끗이 씻어 말린 메주
차곡차곡 넣고 잘 걸러진 소금물
허리 아프다 하시면서도
당신이 해야 한다고 바가지 꽈악 움켜쥐고
기도하듯 정성스레 떠 붓는다

장담을 때도
몸단장 마음 단장 잊지 않고
둥둥 저리 잘 뜨는 달걀 모냥
어화둥둥 어화둥둥
자자손손 번창을 비는 팔순 엄니
오늘 햇살만치 환장하게 맛날 것이구먼

산책길에서

똘이 앞세우고
오늘도 산책길 나선다
여름 끝자락,
기가 꺾일 만도 하건만
똘이 꼬리가 무색하리만큼 웃자란
아침이슬 흠씬 머금은 방천가 풀숲
이슬바심한다
풀벌레 울음소리
은은히 배경음악 되어주고
새벽녘까지 울어대던 것도
성에 차지 않은지
귀뚜리들 간간히 합세하여
산책길 동행이 되어준다
꽈악 들어찬 풀들 사이사이
노랑 하양 보라 분홍……
이름 모를 들꽃들
이른 기척에 놀랐는지
흠칫, 뒷걸음질친다
세상에 넘어지지 않게

늘 나를, 내 몸을 세우느라

몸 졸이고 있던 두발

어느새,

이슬에 촉촉이 적시어

가을 2

떨어질세라
새하얀 국화 송이송이
바짝 달라붙어
단풍 잘든 가로수길
느긋한 눈길 연신 마주치며
소리 없이 걸어간다
살아온 세월
뒷모습 보면 안다 했던가
둥그러진 어깨
파아란 하늘 겸손히 떠안고
앞서거니 뒤서거니
치기 어렸던 퍼런 잎
꽃물 들어 밑거름 되려
가을 속으로 들어간다
한소끔 지나치는 갈바람
우르르 붉디붉은 단풍들
멀어져가는 얄팍해진 등
감싸 안으며
다시금
환하게 피어난다

3월

뚜리번뚜리번
찾아가는 강의실

잠시도 쉴 새 없는
새내기들 노오란 부리

오락가락하는
날씨

갈팡질팡하는
맘

함박눈

순식간이었지요
산 들 집 차 화단……
모두모두 감쪽같이
하얀 세상 속으로 빠져들었지요
덩달아, 나이도 잊은 채
함빡 함박웃음 날리는 눈 따라
정신없이 발걸음 빠져갔지요
얼마나 걸었을까요
아직 아무도 밟지 않은
설국에 들어가게 되었지요
끝 간 데 없는,
새하얀 신천지
넋을 잃고 말았지요
진흙투성이 발 가지고는
도저히 한 발자국도 뗄 수 없어
꼼짝없이 그 자리에
망부석 되었지요
진종일
퍼붓는 하늘의 고백성사,

검게 찌든 속내, 속속들이
진창 언어맞았지요
어찌나 후련하던지요
함박눈 내리던 날

가을

밤안개 서서히 내리고
귀뚜리 풀벌레
돌 틈 사이에서 풀잎 사이에서
낮은 울음으로
안부 인사 묻는다

후덥지근하던 바람
어둠에 떠밀려
적당히 서늘한 파동으로
살갗을 훔치고
마음까지 울리려 달겨든다

먹먹한 하늘엔
미물들이 토해낸 아픔 받아내느라
군데군데
시퍼렇게 힘줄선 수줍은 달
외롬 가득 부시고 있다

툭

감이파리 하나 떨궈내며
알토란같은 꿈 키우고 있는
뭉클한 가을밤

만추

한여름,
데일 듯 내리쬐는 뙤약볕
무진장 푸르러만 가던 산
몸 살라 익어가는 가을햇살에
하나 둘 푸른 고집 꺾고
다가올 겨울 위해 다소곳이 고개 숙인다
폭염 폭풍 폭우
혹독한 시험 거치고 대열에 낀 알맹이들
저마다 한숨 돌리면서
하루가 다르게 여물어가는
갈바람에
튼실히 속살 찌운다
먼저 붉어진 고추
다시 한 번 부딪쳐 보겠다
멍석에 누워
따가운 햇살, 온몸 내맡기며
슬그머니,
멍석 한쪽 귀퉁이 밀치고
어설피 웃자란, 설익은 퍼런 속내
툴툴 털어 넌다

장대비

얼마를 참았기에
그토록
부딪치는 모든 것들
푹푹 패이고
파열음을 내는가

빗줄기에 휘감긴 호박잎
참으로 후련하겠다
나도 한번쯤 저런 반란으로
깊게 다가설 수 있을까

모두 다 내 놓고
맘껏 자기 몸 맡겨보리라
장대비 아래 뒤채이며
풀잎들 아우성이다

나는 방문 열고 나가
뛰어든다
모래알 튕기며 새 살을 드러내는
그 장대비 속으로

푸른 잎새, 검은 가지

땡볕 내려쬐면 쬘수록
더더욱 신명이 나는지
이따금 스치는 끈적한 바람에도
널찍한 웃음 여유롭게 날리는
짙푸른 잎새들,
펑퍼짐한 그늘 하나 만들어
길 가던 서먹한 이들 한곳에 오종종 모아
신발에 먼지 툴툴 털어 내주고
당당히 뙤약볕과 맞서는

그런 힘
어디서 나오는 걸까

푸른 잎새,
부딪치는 바람에 뒤채일 때마다
간간이 보이는 무뚝뚝한 검은 가지
화들짝 손사래 치는 모양 보기 좋은지
묵묵한 뒷짐으로 맘껏 떠받쳐주고
다시금 빼곡한 잎들에 가려지는

아아
저들도 저리 사는데

도솔비를 잡으며

싱그런 초록,
담뿍 녹아든 강 한껏 품고
돌 밑 사이사이
까아맣게 붙어 있는,
갑작스런 손길에
소스라치게 놀라
세차게 흐르는 강물 힘입어
냅다 내뺀다
모래만 집어든 휑한 손
그리 쉬 되는 일 아니다
술술 빠져나가며 덩그렇게 웃고 있다
물살에 움직임 둔한 손 다잡고
점점 깊어지는 수심
더 더 낮은 자세로
강물에 온몸 내맡기고야
청정한 강내음 듬뿍 품은 도솔비
수북이 가슴에 안는다
켜켜이 쌓인 누우런 니코틴 같은 맘
저만치 날개 쫘악 펴고 있는

하아얀 왜가리떼마냥

화안해진다

봄, 텃밭에서

간밤,
가랑가랑 내린 봄비에
푸석거리던 텃밭 촉촉하다
상추 아욱 근대 시금치……
씨앗들 서랍에서
비 오는 날만 벼르다
횡재라도 만난 들뜬 기분으로
이른 아침,
벽채 쥔 손 재촉하며
텃밭으로 향한다
겨우내 뜸한 손길에
얼마나 애간장을 태웠는지
손대기 무섭게 허물어지는 텃밭
골고루 고르고 골라 고를 낸다
불면 날아갈 듯한 씨앗들
흙무더기로 잘 덮어준다

씨앗 품은 텃밭,
지천명 되도록

배앓이 한번 해보지 못한 배
보란 듯이,
도드라진 배 내밀며 생기가 돈다
머쓱한 맘,
스을쩍 두 손으로
싱겁기만 한 생짜배기 배 가리며
질세라, 볼록한 엉덩이
세차게 실룩거려 본다

유월

땅내 맡은 모
일렬
횡대 종대
한 치 흐트러짐 없이
푸릇, 모범생 되어
짱짱하게 뿌리 내리고 있다

건너편 산 중턱
우거지는 초록
사이사이
흐드러지게 핀 밤꽃
살풋, 지나는 바람
밤꽃 내음 끄은적하게 벙글어진다

어스름
오붓한 산책길 걷는 짙푸른 청춘
잘록한 허리
아양 떨며 못 이기는 척
감싸 안은 두터운 손에 한껏 내맡긴다

개구리 울음소리
더 왁자해지고
아랫녘 감자밭
허연 꽃
질펀하게 피워댄다

여름밤

또록또록

별빛 쏟아지는 마당에 눕는다

기를 쓰고 울어대던 매미

점점 잦아든다

한낮 열기

돌돌 감아버린 분꽃

슬그머니 몸 열어

수줍은 분내 풍긴다

터질 듯 참고 있던 봉숭아씨

툭, 터져

와르르르 사방으로 흩어진다

봄 마당에 서면

꽈아앙
얼어붙었던 흙
흐물흐물 녹아드는
봄마당에 서면
괜히 발바닥이 군시럽다

파고드는
송곳추위 이겨내고
캄캄한 흙무덤
아득바득 뚫고
파듯, 올라오는 새 생명

겨우내
웅크리고
살집만 찌운 몸
무거울까 너무 무거울까
송구스러워

냉큼,

뜰팡으로 올라선다

제4부

소실점

애초부터
닿을 수 없어
그저 마주보며
갈 수밖에

아무리 용 써도
만날 수 없어
까만 숯 되어버린 가슴

밤새
뒤채이며
악다구니를 써 봐도
끝 간 데 없이
멀고 머언

눈길,
눈길 하나로
너와 나 하나 되는
점.

텃밭

새 수런대는 소리 수상타
아침 일찍 텃밭으로 나가니
오오, 이런 호박넝쿨
아무 거침없이 내달리던 자리
떠억 가로막고 있는
옥수수 고추 상추 대
호박넝쿨 단단히 화가 났나
냅다 뻗어 앞뒤 볼 것 없이
옥수숫대 휘어 감고
고추 대 돌돌 말아 움켜쥐자
호박넝쿨 따라 잡으려는지
덜렁이며 커가는 새파란 고추
씨앗 잔뜩 품어
누렇게 뜬 상추 대
머리끄덩이 한 움큼 잡혀 뒤흔들리고

덖음*

무쇠 솥 뜨겁게 달구어
녹차 생잎 넣고
푸른 기운 꺾는다
덜 익히면 푸른 기운 살아나
아린 맛 나고
너무 익히면 풍미 떨어져
시래기 맛 난다
아직도 푸르딩딩 고집
얼마나 많은 맘들 아리게 하는가
저 혼자 넘쳐 우쭐, 거들먹거리며
얼마나 많은 시간을
시래기 맛인 줄도 모르고 사는가
남겨진 시간들,
뜨겁게 잘 달구어진 무쇠 솥 웅덩이
풍덩, 빠져 어떻게 드잡이해야
알맹종, 잘 덖음 되어 나올까

* 무쇠솥을 뜨겁게 달구어(250~350° 사이) 녹차 생잎을 넣고 덖어내는 과정

오후 4시요

어르신 중
주간보호센타가 일하러 오는 곳으로
생각하는 분이 있다
이른 점심은 샛밥으로
송영을 하면
일이 끝나서 집으로 가는 것으로
지난 시절
놉대장으로 억척스레 살았다고 한다
지금은
모든 사고가 어느 시간 속에 멈춰
하루에도 수없이
엄마 치맛자락 붙잡고 보채는
어린애마냥
집에 언제 가느냐 되묻는다
순박한, 웃음기 많은 얼굴로
점점 더 각박해지는 세상
늘 사심 없는 맘 선물해주는
오늘도 해맑은 해바라기 얼굴로
집에 언제 가느냐 묻는다
가족생계 위해 치열하게 산

어 르 신
이제,
세상에서 가장 안전하고 평안한
둥그런 엄니 자궁 속으로
다시 돌아가는 중이다

늘 그랬듯이
네 손가락 쫙 펴 보여주면서
큰 소리로
"오후 4시요"

실밥을 풀며

옹골차게도 박아놓은
퍼런 면도날 주저 없이 세워
한 땀 뚝 끊는다
짱짱히 박혀있던 실
단번에 매가리 없이 터져
앙칼지게 옥죄던 손
슬그머니 놓는다
이젠 내가 이 자리 뽑히던 머물던
당신 손에 달렸으니 터진 올 잡아채
단번에 뽑아내든지 말든지 마음대로 하라고
멀뚱히 꼬나보는 꼬투리

풀어야 할 실밥이라면
실마리 생겼을 때
확, 풀어버리는 게 나으려나

연필을 깎다

우루루

학생들 몰려나온 강의실,

그 옆 귀퉁이 한 자리

푸욱 숙인 정수리

허연 벚꽃 화안하게 피운 채,

수북이 쌓인 책들

놓칠세라 눈 떼지 않고

열심히 연필을 깎고 있다

새까만 심지

돋우며

나이를 깎고 있다

격포

내 오늘만은 결단코 먹히지 않겠다
눈 동그랗게 뜨고 안간힘 쓰던 해
푸근한 바다 손길
궁둥이 슬몃슬몃 얼러주는 통에
어찔, 또 어쩌지 못하고
온 하늘 선혈 낭자하게 흘리면서
그만 덥석 먹히고 만다
깜짝 놀라 엉겹결,
황소눈깔 번쩍 뜨는
방파제 늘어선 포장마차
붉그레 은근한 눈길 흘리며
지나는 발길 붙잡는다
다라마다 때만 기다리던 물것들
백열전구 조명 삼아
몸, 자랑 한창이다
밤바다 파도 더 격해진다

눈 쓰는 아침

쓱쓱 싹싹 쓱싹쓱싹
어둔 새벽
담 너머로 들리는
생전 오라버니가 쓸던 대빗자루 소리
냉큼, 방문을 열었다
아!
밤새 온 세상이 하얗게 뒤덮였다
새하얀 세상에 맘 뺏길 여유도 없이
살아생전 엄니 말씀이
머리맡을 스친다
집 앞 쌓인 눈
일찌감치 일어나 말끔히 치워야
집안 욕 안 먹이는 거라고……
얼른, 뜰팡에 있던 빗자루 들고 나갔다
앞집 옆집 어르신들
잠도 없으신지
내리는 눈까지 쓸기에 바쁘다
눈으로 눈인사 나누고
뱅뱅 도는 엄니 말씀 되새기며

오빠가 그랬듯이
열심히 쓸고 쓸었다

어디
눈뿐이겠는가!

골목대장이 돌아왔다

집 앞,
몇 년째 공터였던 곳
빌라가 들어섰다
번쩍,
가로등 눈뜨면
죽자하고 덤벼드는
나방들만 분주하던
어느 날부터인가
담 너머,
몇 년 만에 들어보는
갓 태어난 아가 울음소리
뭐가 그리 재미난 지
해맑은 꼬마들 웃음소리
너니 내니
청춘들 투닥거리는 소리
끈적한 바람결 타고
복더위 지쳐있던 귀
입 꼬리 올라가게 만든다
한동안 사라졌던
우리 동네
골목대장이 돌아왔다

텃밭을 끓이다

국은 국거리 장단이 잘 맞어야 맛난 겨

생전
국을 끓일라치면
텃밭에서 손수 공수해온
근대 시금치 정구지……
다듬으시며 늘 하시던
어머니 말씀

오늘
그 말 되새기며
엄니 손가늠 흉내 내며
텃밭 식구들로
구수한 된장국 끓인다

맛나게도 드실
울 엄니
이 뜨끈한 국거리 장단
한 사발,

아니 두어 사발
푸우욱 퍼 드리고 싶다

봄비도
이 맘을 아는지
구슬구슬 내리는
이 아침

탈

후우우
입김 한 번에 형체뿐이던
손가락 다섯
통통히 살 올라 생기가 돈다
손위 손을 입는다
비릿한 생선 토막 자른다
따가운 고춧가루 버무린다
아릿한 마늘 깐다
손이 하라는 대로
손은 군말 없이
토막 내고 버무리고 깐다
굶주린 배 위해
물 한 방울 묻히지 않은 손
무뎌진 손, 구겨
가차 없이 휴지통에 버려버린다
손 탈탈 턴다
앞치마를 갈아입는다
실웃음 지으며 느긋이
만찬을 즐긴다

공갈빵

하나만 먹어도
요기는 되겠더라고
검정깨까지 솔솔 뿌려있어
제법 먹음직스럽기도 하고

도대체 무얼 공갈치나
먹어보고 싶더라고
덥썩,
한 입 물었지

순식간,
빵은 오간 데 없어지고
뻥,
허공뿐이더라고

바스러진 깨알들
손바닥 위에서
우루루 깔깔거리며
웃고 있더라고

담북장

세상 모르고, 세상이 좋아
어디로 튈지 모르던
느닷없이 시꺼먼 보자기에 보쌈 당해
꼼짝없이 감금당한다
튀겁많은 눈 두리번거리며
발버둥쳐 봐야 먹먹한 벼랑
숨 쉴 틈조차 없다
슬그머니 뒤돌아본다
악다구니로 꽈악 움켜쥐던
물거품 같은 생
미련 없이 놓아 버린다
온몸
점점 열꽃 피운다
제멋대로 구르던 몸,
담뿍 부둥켜안고
진득진득, 허연 속앓이 뽑어낸다

일생,
진액 몽땅 뽑아 주느라

허옇게 타버린

어머니,

가냑한 머리카락 같은

중앙선

세차게 오가는 차들 사이
또 제 길만 억척스레 고집하던 고양이
속 다 내놓고 널브러져 있다
숨통이 멎은 것은 알기나 하는지
그래도 아직,
벌건 눈 똥그랗게 뜨고
살 길은 이 길 뿐이다
오가도 못하고 잔뜩 겁먹은 표정으로
노란 중앙선만 꽉 붙잡고 있다
신호등 바뀌자 사람들,
발 불 떨어진 듯
다투어 앞만 보고 건너기 바쁘다
마른 외곽의 생, 하나
어느새, 찢겨진 몸통마저
오간 데 없고
에이는 칼바람에
짓뭉개져 바짝 마른 거죽만
너덜거리고 있다

흙벽돌담

모퉁이 돌아
장독대 곁 병풍처럼 펼쳐진
황토 흙벽
군데군데 금 가고 무너지고
60여 년 버텨온 흔적 훙건하다
된장 간장 푸러 갈 때마다
눈길 잡고 놔주지 않는 흙벽

누우런 이 드러내고 아버지 웃고 있다
누런 코훌쩍이며 종남이 울고 있다
노오란 병아리 원피스 자랑하며 명순이 깔깔대고 있다

석삼년을 못 넘기고
무너지고 끊어지는 무뚝뚝한
회색빛 거구들
점점 그 빛으로 잠식되어 잔뜩 차였던 독
훙건한 황톳물에 흠씬 헹구어져
톡, 빠져 나온다

뒤뜰, 흙벽돌담을 찾는 발걸음
점점 잦아진다

스카프

설렁설렁
썰렁한 바람
살랑살랑
눈꼬리 흘리며

하늘하늘한 몸
돌돌 말려보기도 하고
휘리릭 휘감기도 하고
사알짝
어깨 넘어도 보면서
뭇 시선 잡아끄는

조연급 자리에 있지만
때 따라 한몸으로
색다른 분위기 연출하는 이
흔치 않다
맨질맨질
손아귀에 앙탈이다

꽉 짜여진 틀처럼 빽빽한
민머리처럼 맹맹한
세상

요리조리
너마냥 살아 볼 일인가
그래 볼 일인가

■

해설

둥근 것과 웃음으로서의 삶

- 김은순의 시 세계

권 온

김은순의 시는 작고 소박하다. 그러나 작고 소박한 시는 단아하고 옹골차며, 깊고 넓다. 시인은 독자들의 눈길을 단번에 사로잡는 화려함 대신 꾸준하고 지속적이며 오랜 소통을 지향한다. 이번 시집에 수록된 그녀의 시편을 읽는 일은 지천명의 나이를 넘나드는 한 인간의 내밀한 삶을 목도하는 소중한 경험이 된다. 지극히 내밀한 개인의 삶이 일반적이고 보편적인 공감의 울림에 도달할 때, 우리는 그러한 세계를 형상화한 시와 문학 그리고 예술을 고전이라고 부를 수 있다. 김은순의 시가 아직 완벽한 고전의 경지에 도달하지 않았을지도 모르지만, 시인의 시에 담긴 삶을 향한 진정성은 충분한 가능성을 보여준다. 차근차근 읽어 볼 일이다.

바람 불면
여린 듯 여문 하늬바람으로

비 오면
텃밭 두 귀 쫑긋 달팽이로

낙엽 지면
동그르 노오란 은행으로

눈 오면
장독대 소복이 쌓인 흰 눈동자로

명치 끝
차곡차곡 쌓이는
그
리
움

-「나에게 당신은」 전문

시적 화자 "나"는 "당신"을 생각한다. "바람"이 불 때도, "비"가 올 때도, "낙엽"이 질 때도, "눈"이 올 때도 '나'는 '당신'을 생각한다. '나'는 "텃밭" 위를 지나가는 "달팽이"를 보면서도 '당신'을 떠올린다. '나'에게 '당신'은 계절이고 자연이며 우주이다. '당신'은 '외계外界'만을 의미하는 게 아니다. '당신'은 '나'에게 '내계內界'이자 '내면內面'이다. 5연의 "명치 끝 차곡차곡 쌓이는 그리움"은 이를 입증한다. 요컨대 '당신'은 '나'의 모든 것일 수 있다. 우리에게도 이와 같은 절대적인 존재로서의 '당신'이 있을까? 헤아려 볼 일이다.

차암 좋다
어죽도 맛나구
강물두 경치두
여기서 오래오래 살고 싶구나

어머니,
이 세상 마지막 고하시던
아흔넷 되시던 해
어버이날이었죠

적벽강, 강변가든
어죽에 맥주 두어 잔
거뜬히 비우시고
하시던 말씀

그런데요, 어머니
엄니가 보고 싶어
그곳을 찾았는데
그렇게 맛난 어죽을 끓여주시던
할아버님도 하늘나라로 가셨대요

-「안부」 부분

이번 시집에서 김은순이 가장 주목하는 시적 대상은 "어머니" 또는 "엄니"이다. 시인은 '어머니'가 "아흔넷 되시던 해 어버이날"을 잊을 수 없다. 어머니와 함께 한 "이 세상 마지막", '어버이날'이었기 때문이다. 어머니는 '그날' 기분이 굉장히 좋았던 것 같다. "적벽강, 강변가든"에서의 "어죽", "맥주", "강물", "경치" 등에 그녀가 모두 만족했기 때문이다. 그러나 안타깝게도 "차암 좋다", "여기서 오래오래 살고 싶구나"라는 어머니의 바람은 실현될 수 없었다. 그것은 이승에서의 마지막 불꽃이었기 때문이다. 이 시를 읽는 독자들의 마음을 더욱 숙연하게 가라앉히는 대목은 "그렇게 맛난 어죽 끓여주시던 할아버님도 하늘나라로 가셨대요"이다. 곧 김은순은 여기에서 어머니와 할아버님에게 이중의 안부를 전달한다. 우리도 시인과 함께 언젠가 다가올 이 세상에서의 "마지막 나들이"를 미리미리 준비해야겠다.

둥그런 양수 속
도르르 감고 있었던 우리
남산만한 엄니 배
둥근 이유였다
세상, 모난 투성이
부딪지 않게
둥글, 둥글게 살라고
열 달 내 곁눈질 없이
빈 손 꽈악

두 눈 꼬옥
머리끝 발끝
둥그런 모습
열심히 연습하고 나온 거다
부족했던지
그 맘 같이만
살 수 없었던 세상
더, 더 연습하고 오라고
빳빳해진 몸
엄니 자궁 속 같은
둥근, 둥그런
그 속으로
다시 들어가는 거다

-「둥근 것에 대하여」 전문

이 시에는 두 개의 대비적인 영역이 등장한다. 하나는 "둥그런 양수" 또는 "남산만한 엄니 배"이고 다른 하나는 "세상, 모난 투성이"이다. 이 작품에서 "둥근 것"과 "모난 것"은 각각 '어머니'와 '세상'을 상징한다. 사람은 어머니의 양수 속에서 열 달 동안 "둥그런 모습 열심히 연습하고" 나왔지만, 세상은 "그 맘 같이만 살 수 없었던" 곳이다. 인생은 '둥근 것'에서 출발하여 '모난 것'을 거쳐서 다시 '둥근 것'으로 회귀한다. '둥근 것' 또는 '둥그런 모습'으로서의 '원圓'은 인간의 근원 또는 근본으로서의 가치를 의미한다는 점에서 기억할 만하다.

며칠째,
야문 것에 가끔 힘들어하던 이
뜨거운 차가운 음식에
예민하게 반응을 한다
왼쪽 위 어금니, 그 옆 이까지 흔들린다
잇몸치료하고 위 두 개는
임플란트를 해야 한다고 한다
찬찬히 거울을 들여다본다
팔순 엄니,
틀니를 끼고 뺄 때마다
나하고는 전혀 상관없는 일처럼 바라봤던
골 깊이 패인 합죽한 얼굴,
엷은 미소로 고개 끄덕이고 있다
언제부터인지
하나 둘, 엄니 닮아가는 것들이 많아진다

-「모녀」 부분

인간의 노화를 보여주는 지표 중 하나는 "이" 또는 '치아齒牙' 이다. 이 시에서 시적 화자 '나' 의 '이' 는 "야문 것에 가끔 힘들어하"고, "뜨거운" 또는 "차가운 음식에 예민하게 반응을" 하는 등 불안정한 상태를 노출한다. "잇몸치료"와 "임플란트"가 시급하다는 진단을 받은 '나' 가 "찬찬히 거울을 들여다"보는 일은 자연스럽다. 놀랍게도 거울 속에서 "팔순 엄니"의 모습이 보인다. "틀니를 끼고", 빼던, "골 깊이 패인 합죽한 얼굴"이, "엷은 미소로 고개 끄덕이고 있"는 것이다. 그 얼굴과 그 미소는 '엄니' 의 것인

동시에 '나'의 것이기도 하다. 세월의 흐름 속에서 "하나 둘, 엄니 닮아가는 것들이 많아진다"는 것은 자연의 이치이자 우주의 원리일 테다. 딸은 엄마를 닮고, 자식은 부모를 닮기 마련이다.

빨개둥이 벗들이 더 그리운,
지천명을 바라보는 나이
소담스럽게 내리는 눈을 빌미로
초등학생 되어
의기투합 강가로 나갑니다
저마다 지녀온 세월의 흔적들
넓은 창 너머,
내리는 하얀 눈 속으로
하나 둘 떠나보내며
이야기꽃을 피웁니다
물 같은 술 마주하고
제각기 하나 둘 숨겨둔,
물인지 술인지 덤벙대며 지낸
천둥벌거숭이 같은 시간들
툭툭 끄집어내어 안주 대신
접시 위에 수북이 올려놓습니다
골 깊어진 세월의 강
흥건히 젖어든
거죽만 너덜거리는 가슴
서로서로 어루만지며, 보듬으며
너도 나도 볼이 터져라
그 안주들을 먹습니다

– 「눈 오는 강가에서」 부분

이 시를 읽는 독자들은 "눈 오는 강가"로 초대된다. '눈'과 '강가'라는 겹의 배경 속에서 독자들은 센티멘털한 분위기에 자연스럽게 녹아든다. "지천명을 바라보는 나이"의 "벗들"은 40년 "세월의 강"을 거슬러 "초등학생"이 된다. 50줄에 접어든 친구들은 "저마다 지녀온 세월의 흔적들"을 "내리는 하얀 눈 속으로 하나 둘 떠나보내며 이야기꽃을 피"우고, "물 같은 술"과 "안주 대신", "끄집어"낸, "천둥벌거숭이 같은 시간들"을, 지나간 40년을, "그 안주들을 먹"고 있는 것이다. 도대체 그 무엇이 천진했던 초등학생들을 지천명을 바라보는 중년의 나이로 인도하였는지, 아쉬움과 반가움, 안타까움과 기쁨이 뒤섞인 미묘한 감정 속에서 벗들은 "서로서로 어루만지며, 보듬으며", 언제까지나 '눈 오는 강가'의 밤을 지새울 것임을 우리는 잘 안다. 우리에게도 한때 그런 날이 있었고, 지금도 있으며, 앞으로도 있을 것이기 때문이다.

자그마한 몸 그 낮은 자리에서도

왕소금 더위, 몸 사리지 않고

화들짝 웃으며 온 시름 더위 달래주는

한줌 쏘옥 들어올 만큼 작은

더없이 곱디고운 울 엄니 같은

땡볕 온몸으로 받으며

해맑은 웃음 잃지 않고 손사래 치는

울긋불긋 담 밑 채송화

-「채송화」 전문

김은순이 포착한 시적 대상은 "채송화"이다. "담 밑"에 핀 "울긋불긋"한 그 꽃은 "한줌 쏘옥 들어올 만큼 작"다. 시인은 작고 소박하며 보잘것없는 꽃일 수 있는 채송화에 자꾸 눈길을 준다. 그 꽃은 "땡볕 온 몸으로 받으"면서도, "왕소금 더위, 몸 사리지 않"기 때문이다. 그 꽃은 "화들짝 웃"는, "해맑은 웃음 잃지 않고" 있기 때문이다. 그녀는 작지만 강하고, 밝고 환하며 긍정적인 채송화를 보며 "울 엄니"를 떠올렸기 때문이다. 이제부터 우리도 부모님을 대신할 수 있는, 비유할 수 있는, 상징할 수 있는 꽃을 생각해보아야겠다.

환장하게 햇살 좋은 날이다
엄니는 가으내 조그만 텃밭 오가며
채곡채곡 챙겨 겨우내 밑반찬 됐던 독 안에 든
애동고추 말린 것 호박고지 무말랭이
모조리 꺼내놓는다

장맛은 정성인 겨
장맛이 좋아야 집안이 융성하는 겨
잡생각 말고 깨끗이 닦아야 혀
허리까지 독 안에 빠져
갑자기 조여 오는 컴컴한 세상에
왈칵, 뒤지에 갇혀 한 많은 생을 마친
어느 왕손을 생각하는 벌건 귓전을 나무란다

(……)

장담을 때도
몸단장 마음 단장 잊지 않고
둥둥 저리 잘 뜨는 달걀 모냥
어화둥둥 어화둥둥
자자손손 번창을 비는 팔순 엄니
오늘 햇살만치 환장하게 맛날 것이구먼

–「장담기」 부분

이번 시의 핵심 대상 역시 "엄니"이다. "팔순 엄니"에게 장을 담그는 일은, 또 "장맛"은 매우 중요했다. 그녀가 '장맛'에 "정성"을 쏟은 까닭은 "장맛이 좋아야 집안이 융성"한다는 믿음이 있었기 때문이다. 엄니가 "허리 아프다 하시면서도", "몸단장 마음 단장 잊지 않고", "기도하듯 정성스레" 장을 담근 이유는 "자자손손 번창"과 연결된다는 믿음이 있었기 때문이다. '장 담기'와 '장맛'을 향한 엄니의 노력은 어떤 절대적인 경지에 가깝다. 과학이나 이

성의 관점에서는 이해하기 힘든 그녀의 노력을 헛된 미신迷信으로 치부해서는 곤란할 게다. 그것은 자녀와 후손과 집안의 번창과 융성을 향한 어머니의 지극한 사랑이기 때문이다.

얼마를 참았기에
그토록
부딪치는 모든 것들
푹푹 패이고
파열음을 내는가

빗줄기에 휘감긴 호박잎
참으로 후련하겠다
나도 한번쯤 저런 반란으로
깊게 다가설 수 있을까

모두 다 내 놓고
맘껏 자기 몸 맡겨보리라
장대비 아래 뒤채이며
풀잎들 아우성이다

나는 방문 열고 나가
뛰어든다
모래알 튕기며 새 살을 드러내는
그 장대비 속으로

-「장대비」 전문

장대처럼 굵고 거세게 좍좍 내리는 "장대비"를 보고, 듣고, 감각하면서 시적 화자 '나'는 강렬한 인상을 받았다. '나'에게 장대비는 "파열음"이자 "반란"이며 "아우성"이다. 그것은 '후련함'이자 '몸 맡김'이며 '뛰어듦'이다. '나'는 오랜 시간 동안 많은 것을 참고 인내하며 굳은살을 쌓으며 살아왔을 것이다. '나'에게 장대비는 "새 살을 드러"낼 수 있는, "모두 다 내 놓고 맘껏 자기 몸 맡겨"볼 수 있는 드문 기회이다. 그것은 자신에게 온전히 전념하고 집중하며 몰두할 수 있는 '천재일우'일 수 있다. 이 시를 읽는 우리들에게도 장대비와 같은 기회가 찾아올 수 있기를, 또 그 기회에 "깊게 다가설 수" 있기를 바라 마지않는다.

집 앞,
몇 년째 공터였던 곳
빌라가 들어섰다
번쩍,
가로등 눈뜨면
죽자하고 덤벼드는
나방들만 분주하던
어느 날부터인가
담 너머,
몇 년 만에 들어보는
갓 태어난 아가 울음소리
뭐가 그리 재미난 지
해맑은 꼬마들 웃음소리
너니 내니
청춘들 투닥거리는 소리

끈적한 바람결 타고
복더위 지쳐있던 귀
입 꼬리 올라가게 만든다
한동안 사라졌던
우리 동네
골목대장이 돌아왔다

-「골목대장이 돌아왔다」 전문

김은순은 "공터"의 "빌라"로의 전환에 주목한다. '무無'는 '유有'가 되고, "나방들"은 다채로운 "소리들"로 바뀐다. 독자들로서는 시인이 집중하는 다양한 소리들에 귀 기울여볼 일이다. "갓 태어난 아가 울음소리"가 거슬릴 수도 있고, "해맑은 꼬마들 웃음소리"에 신경이 쓰일 만도 한데, 그녀의 마음은 즐겁기만 하다. "청춘들 투닥거리는 소리"에 짜증이 나거나 괴로울 법도 한데, "복더위"에 "지쳐있던 귀"는, 또 "입 꼬리"는 상승곡선을 그리는 중이다. 김은순은 이와 같은 소리들을 '소음'이 아닌 '음악'으로서 수용했기 때문이다. 그런 까닭에 이 시의 후반부에 배치된 "한동안 사라졌던 우리 동네 골목대장이 돌아왔다"라는 진술은 즐거움이나 흥겨움의 절정으로 독자들을 이끈다.

하나만 먹어도
요기는 되겠더라고
검정깨까지 솔솔 뿌려있어
제법 먹음직스럽기도 하고

도대체 무얼 공갈치나
먹어보고 싶더라고
덥썩,
한 입 물었지

순식간,
빵은 오간 데 없어지고
뻥,
허공뿐이더라고

바스라진 깨알들
손바닥 위에서
우루루 깔깔거리며
웃고 있더라고

–「공갈빵」 전문

"공갈빵"을 처음 대하는 사람들은 당황하기 쉽다. '빵'은 빵인데, 그 빵에 '공갈'의 의미가 추가되기 때문이다. 이 시는 공갈빵에 내재하는 이중의 층위를 유머러스하게 다루고 있다. 소비자가 공갈빵을 바라볼 때, 그것은 "하나만 먹어도 요기"가 될 것 같은, "제법 먹음직스"러운 외관을 보여준다. 그런데 누군가 공갈빵을 "한 입", 베어 무는 순간, "빵은 오간 데 없어지고 뻥, 허공뿐"인 현실과 마주하게 된다. 시인은 빵 위에 뿌려져 있던 검정깨가 "손바닥 위에" 떨어진 난감한 상황을 유쾌하게 수용한다. "우루루 깔깔거리며 웃고 있더라고"라는 진술을 읽으며, 독자들은 앞에서 살핀 「채송화」에 이어서 이번 시에서도 '웃음' 이 차지하는 긴요한 역할을 새삼 확인한다. 곧 '빵' → '뻥' → '허공' 으로 이어지는 유쾌한 연상은 '궁금증' 이나 '호기심' 을 '웃음' 으로 승화하는 김은순 시의 진가眞價를 마음껏 발휘한다.

세차게 오가는 차들 사이
또 제 길만 억척스레 고집하던 고양이
속 다 내놓고 널브러져 있다
숨통이 멎은 것은 알기나 하는지
그래도 아직,
벌건 눈 똥그랗게 뜨고
살 길은 이 길 뿐이다
오가도 못하고 잔뜩 겁먹은 표정으로
노란 중앙선만 꽉 붙잡고 있다
신호등 바뀌자 사람들,
발 불 떨어진 듯
다투어 앞만 보고 건너기 바쁘다
마른 외곽의 생, 하나
어느새, 찢겨진 몸통마저
오간 데 없고
에이는 칼바람에
짓뭉개져 바짝 마른 거죽만
너덜거리고 있다

- 「중앙선」 전문

이것은 '죽음' 에 대한 시이자 '삶' 에 대한 시이다. 또한 이것은 '생生' 을 향한 시이자 '사死' 를 향한 시이다. 시인은 "고양이"를 보았다. 그녀는 "제 길만 억척스레 고집하던 고양이"를 보았다. 유감스럽게도 고양이는 "속 다 내놓고 널브러져 있"는 "숨통이 멎은 것"이다. 그러니까 김은순은 '죽은 고양이' 에게 눈길을 던지고 있다. 어쩌면 그녀는 "벌건 눈 똥그랗게 뜨고", "오가도 못하고 잔뜩 겁먹은 표정으로 노란 중앙선만 꽉 붙잡고 있"는 고양이를 보면서 무언가를 또는 누군가를 떠올렸을지도 모르겠다. 시인은 이 시에서 "신호등 바뀌자", "앞만 보고 건너기 바"쁜 "사람들"의 운명 역시 "짓뭉개져 바짝 마른 거죽만 너덜거리고 있" 는 고양이의 그것과 다를 바 없음을 암시하는 게 아닐까? 우리에게 주어진 "마른 외곽의 생" 역시 언제든 '로드킬(roadkill)' 될 수 있음을 의미하는 게 아닐까?

김은순의 시집 『오이순을 잡아주며』를 함께 읽었다. 11편의 시를 엄선하여 고찰한 이번 시집 읽기에서 독자들이 일차적으로 받는 인상은 삶을 대하는 시인의 태도와 무관하지 않다. 그녀는 삶을 누구보다도 사랑한다. 삶의 과정에 필연적으로 수반되는 불안과 고통과 죽음을 직시하면서도 순간순간 자신에게 주어진 빛나는 순간들을 열렬히 즐길 줄 아는 것이다. 어머니 또는 엄니에게서 물려받았을 이와 같은 자세는 '둥근 것' 과 '웃음' 의 형식으로서 구체화한다.

랄프 왈도 에머슨(Ralph Waldo Emerson)에 의하면 "원은 영혼과 마찬가지여서 끝이 없고 멈추지 않으며 빙글빙글 돌고 있다.(Circles, like the soul, are neverending and turn round and round without a stop.)" 또한 찰리 채플린(Charlie Chaplin)은 "웃음이 없는 하루는 낭비되

는 하루다.(A day without laughter is a day wasted.)"라고 이야기하였다.

김은순의 시를 읽는 일은 '둥근 것' 또는 '원'의 가능성을 믿는 일이다. 인간의 영혼을 닮은 둥근 궤적의 힘을 온전히 느끼고 싶은 독자들이라면 삶이 지속되는 마지막 순간까지 시를 읽어야 할 것이다. 또한 그녀의 시를 읽는 일은 '웃음'의 가치와 의미를 되새기는 일이기도 하다. 우리에게 주어진 소중한 하루를 낭비하지 않을 수 있도록 유쾌한 증표로서의 웃음을 생각하면서 시를 접한다면 코로나 이후 위기의 시대를 살아가는데 큰 힘을 얻게 될 테다. 김은순의 시가 지향하는 다음 여정을 기대하는 마음이 벌써부터 뭉게뭉게 푸르게 자라나고 있다.

권 온 | 문학평론가, 문학박사

시와정신시인선 43

오이순을 잡아주며

초판 1쇄 | 2023년 4월 1일

지 은 이 | 김은순
펴 낸 곳 | **시와정신사**
주　　소 | (34445) 대전광역시 대덕구 대전로1019번길 28-7
신창회관 2층
전　　화 | (042) 320-7845
전　　송 | 0507-075-2874
홈페이지 | www.siwajeongsin.com
전자우편 | siwajeongsin@hanmail.net

공 급 처 | (주)북센 (031) 955-6777

ISBN 979-11-89282-45-5 03810

값 10,000원